중세를 적다

중세를 적다

홍일표 시집

민음의 시 280

민음사

일체의 만상이 허상으로 흩어지는 중에 나는 외뿔인 것이고 빈방에 흘러든 달빛을 무연히 바라보면서 익명의 달빛으로 점점 희미해지고 희미해지다가 다시 일어나 무용(無用)이 대용(大用)임을 헤아리다 보면 사유의 도식을 초과한 에너지들이 넘실거리는 새벽에 당도하여 시 한 편 받아적는 것인데 그러한 나날을 서늘하고 지극한, 시간 밖의 시간이라 하겠다.

2021년 1월
홍일표

차례

1부

2부

3부

4부

1부

낙타

눈앞의 풍경이 모호해서
이곳에 없는 이름을 지어 불렀다

새로 출발한 풍경이라고 말하자
새로 날개가 돋은 바람이라고 부르자

하늘에서 실패한 구름들이 어슬렁거리며 마을 가까이 내려온다
지상이 우아하게 구부러지고
다시 모호 속으로 잠입할 때
아무것도 보이지 않게 될 때

공중에서 두 개의 무덤을 발굴한 아이들이 다급하게 소리친다
여기에 낙타가 있다고
낙타를 매장한 쌍분이 있다고

돌멩이처럼 결심한 사람들은 사다리를 타고 공중으로 올라간다

구름을 이해한 낙타는 없고
폭설로 사방의 길이 막힌 날
전송도 계약도 중단된 날

내 안에 숨어 있던 낙타가 걸어 나온다 오지의 자생식물처럼
이름도 학명도 모르는
눈 밝은 태양이 한 번도 본 적 없는

정물화

연못이 거위를 번쩍 들었다 놓는다
날아가지 못하는 거위의 일생이 주르르 흘러내린다

물에 띄워 놓은 한 덩이 두부처럼
거위는 후회하지 않아서 다시 거위가 된다
연못을 잠그고
물 밖으로 나오지 않는다
새와 거위 사이가 멀어져서 날이 저물었다

창문이 많은 봄이었는데
들길 산길에 색색의 기분들이 흘러 다니는 봄날이었는데

계동과 가회동 사이

모르는 시간의 골목에서 네가 나를 호명하지만 나는 듣지 못한다

하늘이 마지막 고백한 빛깔로 숲은 온통 붉은색이지만 지난여름 초록이 끌고 온 길을 기억하지 못하듯

여러 개의 얼굴로 누군가 돌아오거나 돌아가거나
아니 벌써 돌아와 노란 주둥이로 햇볕 알갱이를 쪼고 있는지도 모르는 일

나는 기억하지 못하는데
지금 이곳에서 한 발자국도 움직이지 못하고 서 있는데
말똥거리며 나를 추억하는 물방울
퉤퉤거리며 나를 뱉어 내는 풋사과

어디선가 내가 다시 태어나 걸어 다니고 있는 듯
어디선가 어제 죽은 여자의 눈빛이 반딧불이로 떠돌고 있는 듯

주위를 둘러보아도 내가 보이지 않아서

얼굴 없는 한낮

눈멀고 귀먹어서

모두 있으면서 아무도 없는 봄날

중세를 적다

검은 눈을 헤쳐 보면 흰 눈이 나올 거라는
그런 희망 따위가 지구의 표정을 바꾸는 건 아니겠지만
맨손으로 아침의 껍질을 벗겨서
식탁 위에 올려 놓는다
몇 마리 새가 날아와 햇살 몇 줌 쪼다가 흑해의 어둠 속으로 투신한다
뿌옇게 날이 밝아 올 때까지
난파된 배 한 척 인양하여 진흙투성이 바닥을 끌고 나올 때까지

다시 온다
무궁한 세계의 아침과 저녁이 그리고 청동으로 빚어 만든 밤이 쇠사슬을 끌고 저벅저벅 온다 낯익은 미래를 만나는 거다 수백 년 전 깨진 얼굴, 불타 버린 심장이 다시 오는 거다

머릿속에 가득한
죽은 글자들
예언자의 입에서 번쩍이는 미래

너의 머리통을 부술 때까지 나는 해안 끝자락에 서서 세기의 어둠에 불을 지를 것이니
용서하라
아니 심판하라
죽어도 죽지 않는 샛별의 언약

아우성과 분노, 회한과 탄식을 끌고 빛을 따라 흘러 다니던 사람들은 혀가 찢겨서 성 밖으로 던져지고, 신의 음성은 갈수록 또렷하여 창과 검을 든 외눈박이 시종들이 몰려가는 곳마다 태양이 죽는다

그래, 그리하여 희망 따위에게 묻곤 한다
오늘의 중세는 언제까지냐고
뭇 생령들을 고문하는 당신의 판타지가 지겹지 않느냐고

낮꿈

어느 낯선 거리였네
무쇠로 만든 소를 끌고 가고 있었네
얼핏 황금으로 만든 소 같기도 했네

벌레에 쏘여 부푸는 살갗을 보면서
정직한 슬픔의 도약을 읽네
맨발로 서성이는 저녁을 데리고 가는 늙은 손
어느 골목인지
어느 담벼락 아래인지
돌아보면 한때 나를 불러 일으켜 세우던 마른 수수깡이파리였네

불붙은 심장이 내달리던 거리였네
햇볕이 파도치던 광장이었네
언어가 불타고
문자가 불타고
불덩어리로 날아올라 공중을 폭파시키는 몸이었네
공중에 숨어 있던 색색의 꽃들이 고백하던 날들이었네

날마다 무쇠소를 통째로 삼켜서
마음속에 들끓는 날벌레 같은 문자들
더 이상 움직이지 않아서 하늘이 버린 음표들

소도 아니고 생물도 아닌 것을 끌고 다니면서
애초부터 없던 소를 팔겠다고 쾅쾅 문을 두드렸네

숯 너머 동백

남은 몸 하나 불의 자궁 속에 던져 주었다
어느 외진 산기슭에 뒹굴던 것들
초록의 눈썹도, 가지 많아 옹이 진 마음들도

잠시 지상에 머물며 반짝이던 여러 장의 색 바랜 문서를 파기하고
이곳에 없는 지도 속으로 투신한다

나뭇가지 끝에 매달려 흔들던 손
잘 가라고
다시 사람의 얼굴로 이곳에 오지 말라고

덩어리 하나로 몸을 고집하던 것들
불을 삼키고
머나먼 길을 걸어와 조용히 누운 검은 낱말 부스러기들을 헤적여 본다

타닥타닥 오래된 잠에서 깨어
죽은 줄도 모르고 후끈 달아오르는 붉은 입술들

마지막까지 남아 서성이던 저녁 어스름은 알까

동백꽃 같은

바닥에 엎드려 깜박이는 저 순한 짐승이 다시 뜨겁게 걸어 나오는 까닭을

코끼리傳

너무 커서 슬픈 코끼리가 걸어온다
아무도 몰라봐서
코끼리는 없다

없는 코끼리를 나 혼자 간신히 잡고 서 있다

날이 저물고
아무것도 없다며 사람들이 집으로 돌아간다

코끼리가 걸어온다

갈 곳이 없다
나는 코끼리를 땅에 묻기로 한다
죽은 하늘이 자라서
천천히 지상으로 올라오는 느티나무

한 번도 가 보지 않은 골목 끝
자주 엎드려 당신을 울던 곳
크고 붉은 달이 떠올라 한참 들여다보던 곳

두툼한 고서 같은 코끼리를 펼쳐 본다
느티나무 밑에서 모르는 문장들이 웅성거리고
코끼리는 태풍의 머리채를 잡고 휘청거린다

머리카락 무성한 슬픔처럼 커다랗게 부풀어 오른 코끼리
마침내 언덕에 올라 춤추고 노래하는 코끼리

가릉빈가

그대는 지금 오후 다섯 시를 마악 지나고 있습니다 열려 있거나 닫혀 있거나
그것은 당신의 선택이겠지만 아무도 읽을 수 없는 발바닥에 숨긴 쓸쓸한 기호들
그러나 당신에게 가는 유일한 길이라는 것을 압니다

여기가 어디지요?

안개의 입술로 중얼거리던 그대의 손발이 보이지 않습니다
밤을 오래 독대한 자의 얼굴에는 극약을 삼킨 그믐달의 최후가 있지요

몇 개의 말들이 먼지 알갱이처럼 떠다닙니다 가볍고 사소한
책상 위에 내려앉은 불 꺼진 말들을 가만히 들여다봅니다
그러나 말이 떠난 자리에는 연일 웅얼웅얼 동백꽃이 피어납니다

발바닥이 감추고 있는 당신의 그림자를

뒤적이면서
열 번 스무 번 허공의 목을 꺾으면서

본색

예언은 언제나 달콤한 향내가 나서 벌들이 날아와 순교하는 성소라고 말하지
꽃들이 몸 깊숙이 받아들이는
매혹의 긴 활대로 연주하는 저녁은
너의 눈동자에 말간 노래가 고이게 하지
때론 미처 다 부르지 못한 노래를 죽음으로 완성하지

그때마다 눈이 멀고
귀가 먹고
그리고 말하지
여름내 감추고 있던 울음을 토해내는 단풍잎을 보고
나무의 마지막 서술어는 꽃이라고
삶 또한 그렇다고
아니지
희망의 공식은 언제나 무지개를 중얼거리는 잠꼬대 같지
수사학은 쉽게 구부러져서 길을 벗어나고
황금으로 만든 자도 출렁이는 신비의 곡선을 측량할 수 없지

여러 개의 얼굴로 흥얼거리며 달려오는 너의 맥박들
색색의 기분들이 꽃잎으로 옮겨 가는 중에도
다투어 툭툭 새벽별로 돋아나지
그러나 하늘에서 반짝이는 것은 우리들 누추한 몸의 꿈이었지
너의 일생을 염탐하는 눈초리들도 눈먼 미래였지

선지자의 지팡이가 한 마리 뱀처럼 기어갈 때
환호하는 꽃들은 눈 속 가득한 어둠을 눈물로 불태우지
장엄한 오늘이었다고 말하지
마지막도 내일도 없이

나무들의 붉은 혓바닥이 마구잡이로 쏟아지는 검은 숲이었지

묵음

네가 지나간 자리마다 아이의 울음소리가 깊어서 들리지 않는다
그냥 가지 말라고
바람이 붙드는 곳
이불 밖으로 내민 수척한 가슴
가만히 잡아 보면 이미 다 식은
서늘한 단서
혹은 알리바이
생의 바깥에서 떠도는 휘파람 소리

소리가 되지 못한 계절이 있다
이건 다 닳은 무릎
이건 부러진 팔
없는 듯 있는
있는 듯 없는
아비 같은
눈먼 악기가 있다
서랍 구석에서 뒹구는 한 줌의 후생이 있다

소리를 얻지 못하고 지워져서
스스로 무연고 묘지가 된
아무도 알아보지 못하고 스쳐 지나가는 생령들
다만 그렇게
한 생의 받침 하나 일으켜 세우지 못하고
멀어지는 말이 있다
멀어지는 풍경이 있다
스스로 깊어지고
스스로 어두워지고
말에서 가장 멀리 떨어진 밤이 돌멩이 속에 있다
도처에 차고 딱딱한 불가능한 노래가 있다

질문

저녁은 어디로 갔습니까?

죽은 아들은 언제나 열여덟 살입니다 시간이 빠져나간 허공에는 시침 분침이 없습니다 고양이가 부엉이 날개를 퍼덕이며 날아다닙니다 참새들은 사라진 날개를 기억하고 자작나무 이파리를 팔랑입니다

나의 어머니 나의 조모 나의 증조모까지 자두밭에 가득합니다 우리는 서로 몰라보고 얼굴이 빨개지도록 동그랗게 웃고 있습니다

삼신 할미 같은 늙은 태양이 지나갑니다 긴 손으로 어루만지는 동안 여기저기서 아이들이 태어납니다 자두알만 한 콩팥 심장을 달고 아침을 향해 가고 있습니다 그러나 자두꽃에 닿지 못한 열여덟 살은 다시 태어나지 않습니다

수국이 온종일 제 안의 허공을 거품처럼 뱉어 내는 여름날입니다

왜 이곳은 해가 지지 않습니까?
왜 부르다 만 노래는 혀끝에서 제문처럼 타고 있습니까?

너

너는 없고 이름만 남아 문맹인 밤이 너의 얼굴을 몰라본다 너를 열고 들어간다 이름은 젖어서 불이 붙지 않고, 이름 안에서 너는 발굴되지 않는다

너를 부른다 사진 속 웃는 얼굴처럼 봄은 가지 않고 여전히 봄이어서 손닿지 않는 곳에 웅크리고 있는 붉은 꽃, 봄은 출발하지 않는다

펜 끝에서 흘러나오는 이름을 한 자 한 자 적을 때마다 까르르 웃으며 달아나는 파도, 밤으로 편입된 책상과 의자만 남아 몇 마디 말에 부딪쳐 삐걱거린다

다만 그렇게
이곳에 없는 봄은

송전탑

아픈 날이 많은 사람은
제 안에 구멍을 뚫어 또 다른 집을 짓는다

어느 먼 곳의 멸종되지 않은 음악처럼
몇 걸음 내디딜 때마다 입에서 튀어나오는 새들
덫에서 간신히 빠져나왔지만
날지 못하고 바닥에 떨어지는 붉은 심장들

몸의 곳곳에 숨길을 트고
날카로운 슬픔의 뼈대를 허공에 총총 박는다

살을 버리고
뼈로 우뚝 일어서는 탑
무수히 많은 울음이 지나다니던 구멍마다 격렬하게 죽어 가는 말 대신
뜻밖의 허밍
뜻밖의 방향

마지막 가야 할 곳을 알고
사라진 음악들이 모여서 여러 개의 심장으로 두근거리는

낚시꾼

몸을 비우고
허공처럼 앉아 있다

크고 둥근 극장
물로 빚은
물렁물렁한 무대

아직 태어나지 않은 너는 물속에서 금빛 아가미를 달고 숨 쉰다 한 번도 본 적 없으나 초음파처럼 휘파람으로 오기도 하고 물의 뱃가죽을 쓸어내는 바람의 섬섬옥수로 오기도 한다

어떤 기미는 죽음 너머에서 온다
검거나 붉은 색깔은
기억을 지우고 흩어져
하늘은 온통 눈보라
무주고혼들이 소리 없이 내려와 물 한 모금 삼키고 사라진다

나는 모른다 너를 모르고 너의 미래도 몰라서 나는 다만 한 마리 짐승처럼 네 앞에 웅크리고 있다

시간 너머에서 닫힌 네가 열린다
물을 찢으며
섬광처럼 튀어 오르는 물고기

하늘이 길게 휘어져 팽팽해지는
온몸 푸르른 날이 있다
뒷전의 바위들도 몸속의 허공을 꺼내어 훨훨 날아오르는

꽃의 본적

꽃은 멀다
입술을 오므려
내 안의 너를 연주할 때
어느 미라의 눈꺼풀에 내려앉는 휘파람 같은

꽃 그림자는 붉지도 노랗지도 않아서
오래 잊고 있던 너였거나 너의 숨결이었거나
지금은 색을 버린 살
희미한 기억 한 줌
검은 숨을 쉬고 있다
검은 시간을 흐르고 있다

꽃이 벗어 놓은 꽃
돌아가서 잠든
꽃의 미라
색이 다하여 까맣게 타 버린
너는 잠자는 꽃이라 했지만
저것은 어두운 태중의 아이
후 불어도 움직이지 않는

손으로 만져도 만져지지 않는

꽃은 멀다

색색을 주장하지 않고
이름도 표정도 없이 바닥에 엎드려 피는
머나먼 당신

나무의 영역

혼잣말하는 나무를 본 적이 있다
외따로 떨어져서
저무는 해를 중얼거리며
돌멩이가 다람쥐가 되거나
다람쥐가 사람이 되는 일을 보면서

고독이 얼마나 힘센 슬픔인지 아는 사람들이 살구나무
안으로 들어간다
동글동글한 낱말들이 여무는 가지마다
푸른 등불을 켜고
혼잣말로 서성이는 나무들

소리를 얻지 못한 말들을 삼키며
홀로 저녁을 건너고
밤을 지나
가까이 다가가 두드려도 입을 다물어
더 깊은 침묵으로 잎을 떨구는 수목들

가만히 끌어안으면 속 깊이 흐르는 이야기가 있다

물기 많은 고백에 가슴이 먼저 젖어
멀리서 누군가 두드리는 북소리
나무의 몸속에 숨어 울지 못한 노을이라고
오래 가슴에 묻혀 있던 불꽃 동백이라고

알몸으로 서서 혼잣말하는 나무를 본 적이 있다
침묵의 맨발로 서 있는 무한한 고요를 본 적이 있다

2부

의문

흔들리지 않는 이름 위에 곰팡이 필 때쯤이라고 하자
너는 어디서 왔니?
원리주의자인 너는 움직이지 않아서
뒤돌아보지 않아서
죽은 사람 부르듯 하지
아니라고 말하지

돌멩이를 전제로 한 돌멩이의 입과 혀는 딱딱해서
허공을 반주하는 구름을 떼어다 핥아먹는 아이들 옆에서
손바닥에 새겨진 냇물은 녹아 흐르지 않지

너는 언제나 다행이라고 말하지
불행과 다행 사이로 강물이 흐르지 않는다고 안심하지

하늘을 닫는 하느님
언제나 안녕하신 하느님

너는 죽은 신의 발성법에 익숙하지
곰팡이 핀 페이지를 푸른 꽃으로 오독하는

그래서 언제나 곰팡이로 진화하는

파랑을 안고 출렁이는 지구의 정맥을 지나
낯선 행성으로 이어져 흐르는 봄빛의 문장을 지나

명사들만 모여 꼼짝하지 않는 자갈밭 곁에서
누가 지금 꽃을 닫고 있니?
누가 지금 바람의 흘림체 문장을 돌멩이 속에 욱여넣고 있니?

Y

나무는 나무를 견딜 수 없어
검은 맛이 나는 노래라고 했다

모두 고개를 끄덕였지만
밤이 고백한 별들이 보이지 않았다

여러 날 비가 오고
기어코 한 남자가 투신한 날

나무는 다시 나무를 근심하며 횡단보도를 건넜다
아무 의심도 없이
피가 부족한 봄이 왔다

검은 복면을 쓴 늙은 고독과 함께
반쯤 기운 살구나무가 떠듬떠듬 말을 이어 갔다

병

아무도 열어 보지 못한 공중을 새들이 수시로 들락거린다

새의 얼굴로 다가온 아침이
이게 뭐야?

그들은 모두 옳고
모두 그르다

신들의 농담은 진지하여
사람들은 훗날의 유머를 터진 주머니에 집어넣는다

강물 위에서 반짝이는 물의 미래를 움켜쥔 사람들
빗물이거나 눈송이거나 눈물이거나

다 이루었다고
마지막 패를 보여 주고 슬며시 돌아서는 산 그림자
그러나 끝이 아니라고
중독성 강한 하늘 아래 무성한 입들
칡넝쿨로 뻗어 나가는 혓바닥들

하늘을 잠그고
나를 잠그고
바깥으로 빠져나가는 노래도 잠그고
이대로 돌덩어리가 될지도 몰라 잠들지 않는다

폐허를 건너는 병이 깊어지고
제 무게를 견디지 못한 빗방울들이 후드득 떨어진다

개들이 컹컹 짖을 때마다
티슈처럼 찢겨 흩어지는 하늘

눈이 내렸다 그쳤다 한다

북극

북극에서 가져오지 못한 노래가 있다
고작 사진 몇 장 챙겨 들고 와서
여긴 북극이야라고 말할 때
입안에 날리는 자욱한 먼지들

길게 울부짖던 야생의 어둠들

너무 먼 곳의 사랑이라고
더 이상 부를 수 없는 노래라고
서랍 속에 밀어 넣을 때

내 안에서 펴지지 않는 밤을 뒤적여 보지만
늑대 한 마리 나타나지 않는
희박한 공기로 삐걱거리는 곳

빨래를 널던 여자는 나무집게 하나 들고
여기 늑대가 있네
주둥이 뾰족한 사랑이 있네
컹컹 짖지도 못하고

거칠게 물어뜯지도 못하는
머리통만 남은 짐승
먹이 하나 물려 주면 온종일 조용한,
피 한 방울 남지 않은 늑대

오고 가고
가고 오는
다 닳은 구두 밑창처럼 지루한 나날의 이야기

머나먼 사랑인 척 간신히 눈이 내리는데
갑자기 생각난 듯 드문드문 눈송이 날리는데

사라진 문자

지리산 골짜기에 와서 어둠의 모서리를 깎아 새긴 목판본을 읽는다

그대가 적어 놓은 몇몇 문장을 필사하면서 혹은 만져 보면서 나는 여러 번 넘어진 적이 있다 흘림체의 문자향에 취해서가 아니라 넘어서지 못한 글자들이 많았기 때문이다

검은 피로 적은 문자들은 먹향 따라 휘발한 지 오래여서 누렇게 변한 종이 위를 기어 다니던 글자들이 어디로 갔는지 뒷산을 오르내리며 헤적인 적 여러 날이다

문자를 지우고 빠져나간 마음의 행적을 따라가면 보일 듯도 하였으나 닥나무 종이에는 그대가 없다 그대가 흘린 몇 방울의 눈물 자국이 글자를 끌고 간 흔적과 심장에서 타오르던 불에 그을린 종이의 끄트머리 눈썹만 남아 그대의 마지막을 증언한다

문자 밖으로 슬그머니 다리를 내미는 희고 눈부신 찰나를 본 듯도 하여 새들이 점점이 흘리고 간 초서체의 발자

국들을, 오래 서성이다 돌아가는 저녁의 어깨너머로 바라본다 밤새 눈썹 끝에 매달려 어룽거리던 문자들이 방울방울 떨어져 새벽 어스름에 닿아 죽는다

다리의 처음

살과 뼈 대신
의족으로 남은 고독

나는 당신을 짚고 걸어 다닌다
조금만 더 노래를 해 보자고

피가 흐르지 않는 다리를 들었다 놓는다

한때 나무의 노래였던
한 송이 꽃
침대 위에 벗어 놓은 다리

내 것이 아니었던 체온과
내 것이 아니었던 표정을 만져 본다

하느님처럼 먼
오른발 속에 없는 오른발

혼자 절뚝거리며 걷는다 비로소 몸이 확실해져서

고독의 빼대가 단단해지고
없던 하늘이 태어나 몸이 완성된다

저만치 처음 본 나무가 걸어간다

오리배를 읽는 시간

복사본에 원본대조필 도장을 찍는다
원본과 같은 거라고
넘칠 일도
모자랄 일도 없다고
안심하라고

불태워 없애야 되는데
도장 찍힌 대낮 한복판에 번뜩이는 햇볕의 광기

강가에 나가 강물의 리듬에 손을 적신다
손에 와 닿는 물의 정직한 감정들이 몸속으로 흘러든다

눈앞엔 죽어서도 오리가 되지 못할
오리배

문장 밖으로 나오는 길을 잃고
오랫동안 오리가 되지 못하고 삐걱거리는 기호들

사무실로 돌아와 조각조각 오리배를 찢는다

여러 번 베껴 적은 맹서의 문서들을 파쇄기에 넣고
단 한 번의 사랑만 기억하기로 한다

그날

길이 끝난 곳에서
고백하자

음성으로 혹은 문자로 안의 것 뱉어 내는 어두운 심장들
한 덩이 모과로 요약되고 있는 가을도 불끈 주먹 한번 내밀어 보지만
조용히 익명의 들판으로 굴러가 눕는 이름들

멀리 갔던 노래들이 절룩거리며 돌아오고
낡고 누추한 걸음들이 어지럽게 흩어져 있는 곳

아직 도착하지 않은 누군가 있다
아직 울음을 풀어놓지 못한 늦은 밤이 있다

두런두런 길고 낮게 이어지는 목소리들이 슬픔의 둘레를 서성이는 동안
지상의 고적은 마른 꽃잎으로 뚝뚝 지고
대답하지 않는 저녁의 표정은 바뀌지 않는다

안의 어둠을 접어 놓고 밖으로 나온다 옆에 서 있던 허공도 따라 나와
난데없이 흩날리는 눈송이

소리 없이 타오르던 꿈이었을까
오래 배회하다 마악 당도한
어느 먼 곳의 숨결
잠시 어른거리다 지워지는 공중의 기분처럼

푸른 코끼리

봉선사 연밭에 가면 나는 한 마리 코끼리가 된다
연과 연 사이
귀때기 파란 짐승이 내 안에서 어슬렁거리며 걸어 나온다

허리 구부정한 노스님이 지팡이 짚고 연밭 사이를 거닐고 있다
스님과 코끼리 사이가 보이지 않아서
연잎 위에 올라앉은 청개구리
작은 눈을 말곳거리며
연잎 너머를 바라보는 동안

푸른 보자기로 불 꺼진 진흙밭을 통째로 보쌈하고 있다
그렇게 한생을 건너겠다는 듯

오래 서서 흔들리면서
진흙 속에서 뽑아낸 부화 직전의 희고 둥근 알

한동안 마음은 발각되지 않는다

희미하게 남은 향기의 자력을 따라
하늘 한 잎 꺾어 들고 연밭을 걸어 나온다
커다란 귀가 펄럭펄럭 허공을 접었다 편다

서녘 하늘이 천천히 몸을 내려놓고
품에 안은 아픈 모서리들

내가 보이지 않는 곳으로
환하게 불 켜진 코끼리 한 마리 가고 있다

금요일

어두워서 제 몸이 검은 줄도 모르는 금요일이
의자에 앉아 있다
도무지 의자 밖으로 넘치지 않는 희박한 당신

멀리 던져도 금요일이 깨지지 않는다
숨을 곳도
도망갈 곳도 없는
금요일의 뺨을 닦아 준다

혼자 우는 금요일
혼자 저무는 금요일

금요일을 안고 금요일이 사라진다
불러도 대답이 없다

더 이상 어두워질 것 없는 금요일
더 이상 무너질 것 없는 금요일

불멸의 사전

검은콩은 검은콩

마침표를 지우고
참새들이 호르르 날아오르는 연둣빛 언덕

빠지지 않는 대못은
봄을 여름으로 바꾸지 않고
더 깊은 봄의 혼몽으로

주저앉으며
틀어박히며
살구꽃은 살구꽃
강낭콩은 강낭콩

어릴 적 새를 쫓아가며 내달리던 꽃봉오리 같은 맨발
아직도 신화처럼 공중에 박혀 불붙어 타오르고 있는

여러 개의 날개를 가진 춤과
붙박이 의자가 가장 멀어지는 동안

열쇠

집이 갇혔다

집 주위를 빙빙 돌아보아도 들어갈 곳이 없다
불쌍한 것은 안인지 밖인지
집이 굶고 있다
식은땀을 흘리고 있다

창문도 닫혀 있다
나는 밖에 갇혀 오도 가도 못한다
집과 나 사이가 이렇게 멀었나
이렇게 가까웠나

꽝꽝 얼어붙은 안과 밖이 으르렁거릴 때
현관 열쇠만 한 동박새가 휙 날아간다
단숨에 몸이 반 토막 나는 순간
옹고집 같은 집이 사라진다

사방으로 열려 있는 하늘을 들락거리는
작고 동그란 열쇠

수시로 왼쪽 가슴에서 파닥거리며 할딱이지만
쉽게 손에 잡히지 않는

오래전
먼 그대

화석

너는 가고 있고
가면서 변신하고 있고
아무도 몰래 얼굴을 감추고 사라지면서
어디서 맑은 개울물 소리

날아다니는 꽃을 잡으러 다니는 아이들 손끝에서 하느님이 웃고 있다
가끔은 하느님도 심심하여
지상에 내려와 아이들과 놀아 주고 있는 것
허공 안팎을 들락거리던 나비 한 마리
네가 없는 붉은 우체통 같은 오후의 정수리에 앉아 있다

신의 지문이 묻어 있는 버드나무잎 하나
우편엽서처럼 날아와
가만히 들여다보면
햇살이 새겨 놓고 간 오돌도돌한 불립문자(不立文字)
더듬더듬 손끝을 타고 올라와 소곤거린다

소곤거리는 봄별과 함께 산림문화관에서 버드나무잎 화

석을 읽는다

돌과 이파리의 경계 너머

사라진 네가 몰래 숨어든 곳

유리관 안에서 모른 체하며 앉아 있는

돌도 나뭇잎도 아닌

하느님도 나비도 아닌

너였다가 너의 미래였다가

아무것도 아니면서 모든 것인

다만 지금은 황홀한 한때

서쪽의 우산

밤을 활짝 펼쳐 보면
등이 굽은 검은색 우산들
날개가 있지만
한 번도 날아 보지 못한
검게 닫힌 심장들
벽시계는 여전히 11시에 멈춰 있고
죽은 시인의 일기장에서 흘러나오는 밤의 기록들

살아도 산 것이 아니어서
시커먼 진흙 덩어리로 숨 쉬다가
마지막으로 내쉰 호흡이 검은 우산으로 부풀어 오른 것

아침은 가까이 다가오지 않고
오가는 사람들이 툭툭 발로 차고 다녀도
어제를 모르는 짐승처럼 죽은 척하고 있다
팽팽하게 부풀었던 심장을 접고
웅크리고 있는 밤
새도 아닌 것이
알도 아닌 것이

안경 쓴 빗방울들이 거꾸로 매달려 밤의 안쪽을 들여다본다
한 장 한 장 어둠의 책갈피를 넘기던 사람들
오래 접어 두었던 아침을 펼쳐 들고 거리로 나선다

낮의 입구로 밀고 들어가는
해머처럼 단단한 검은 밤의 덩어리

오랫동안 달의 종족으로 살아서
죽은 적도 없고
떠난 적도 없는

암각화

사나운 욕설처럼 소나기가 내린다
오래 참다 구름이 내뱉은 말들

온몸이 젖어서 풀잎처럼 눕는다 사람들은 모두 떠나고
물이 될 때까지
한 점 바람으로 날아갈 때까지

사람도 나뭇가지도 아니다
길을 걷다가
길 위에 주저앉아 돌멩이처럼 뒹굴다가
크고 둥근 우산 하나
그 밑에 웅송그리고 앉아 몇 송이 제비꽃을 발설하기도 한다

지나가는 것은 지나가고
끝내 지나가지 않는 것들이 있다
비가 그치고
하늘이 개어도
잘린 손가락이 다시 돋아나지 않듯

뭉텅 베인 심장이 다시 퍼덕이지 않듯

기억한다
여전히 악몽처럼 횡행하는 파도의 감정들
팔다리가 없어 몸을 던져 가닿던 밤의 해안들

숨은 천사

숨죽이며 오가던
발자국이 지워진 걸음들

한순간 타다닥 불꽃이 깨어난다
누군가 여러 사람의 죽음을 재빨리 꿰매고 있는 것 같다

옷 속에서 이불 속에서
은신하고 있던 파르티잔

손닿는 곳마다
고압의 눈빛이 반짝인다
죽은 줄 알았던
사라진 줄 알았던
격정의 날카로운 시선에 흠칫 놀란다

돌아서면 이미 너는 보이지 않는다
흔적도 마지막 말도 남기지 않고
일순의 생을 마감한다
다만 암호처럼 반짝

피었다 지는 꽃

깨진 유리잔이나
찢긴 몸에 숨어 살던
미처 다 부르지 못한 이름들,
가까이 다가가면 고압의 전류가 마른 혀를 화들짝 깨어나게 하는

덥석 손을 잡는다
꽃의 방향으로 몰려드는 단문의 소식들
젖은 몸에서 여러 마리의 새들이 파다닥 날아오른다
하늘에선 어둠을 이해한 샛별이 반짝이기 시작한다

만신

느티나무가 네 안에 들어가 숨 쉬는 동안 이파리의 문법이 세 번 바뀌었다 나뭇가지는 단명한 여자의 검은 늑골처럼 흔들렸다

인화성이 강한 노래가 손가락 끝에서 수시로 터져 나왔다 피가 흘렀다 퉁퉁 부은 목에서 장미가 튀어나왔고 어릴 적 장난감과 한 번도 본 적 없는 알몸이 굴러 나왔다

움켜쥐면 사라지는 미래였지만 느티나무가 다가올 때마다 너는 손가락 하나씩 잘라 주었다 손목, 발가락, 팔목까지 던져 주고 네가 사라진 후 마침내 말문이 트인 느티나무는 사람의 목소리를 내기 시작했다

수제비처럼 떼어 던진 손가락 발가락이 냇물 속에서 물고기로 자라고 느티나무는 느티나무 밖에서 가장 찬란하였다 천둥과 번개로 휘몰아치던 대낮의 정사가 혁명처럼 지나갔다

3부

다른 형식의 새

보이지 않는 새를 주문처럼 외울 때가 있다

숲의 공기방울 같은 파랑새를 머릿속에 넣고
골목 한 바퀴 돌고 오면
발바닥을 간질이며 밀고 올라오는 꽃봉오리들
산란하는 나무들의 어깨에 가만히 손을 얹는다
분홍빛 새알들
톡톡 튀어 올라
먼 길을 돌아온 부처의 젖꼭지에 닿는다

길게 이어져 온 길들이 몸 밖으로 흘러나오는 순간
오줌 줄기가 멈추고
끝에 매달린 한 방울의 우주
톡 떨어지며
부르르 진저리 칠 때
산수유나무가 눈꽃 같은 여러 마리의 새들을 낳는다

도처에서 손을 놓고 흩어지는 이름들
가지 끝에 매달려 있는 것이

물방울인지 새인지
연신 고개를 갸웃거리는
주둥이가 노란 봄비

컴컴한 몸속 어디선가 새소리 들리는데
귀를 자른 사람들은 눈만 찡그리며 너무 어두운 바깥이라고 툴툴거린다

당신의 컵

컵을 주장하는 너는
없는 컵을 들고 다가와 지나간 겨울을 발언한다

컵은 깨지기 위해 골몰한다
그것이 컵의 최선이라고

얼어붙은 물의 이데올로기
출렁이며 물이 컵을 안고 있는 동안
이리저리 휘어지는 결심들

망설이다 마침내 뛰어내리는 것이 있다
바닥에 물의 뼛조각들이 반짝거린다

처음부터 컵은 없었다며
깔깔거리며 달아나는 햇살들

컵을 일용한 사람이 많아서
손에 쥔 악몽이 무럭무럭 자라는 날

오래된 돌에서 죽은 물고기들이 자주 발견되곤 한다

폭설

동서남북이 흩어져 파경입니다

여기는 서귀포입니까?
모슬포입니까?

표지판도 차선도 지워져 길이 사라졌습니다
하늘도 찢어져 별자리도 보이지 않습니다
한 걸음도 나갈 수 없는
도처의 죽음이 풍요롭습니다
마지막까지 눈감지 않은 별들이 부장품처럼 반짝입니다

산도 건물도 지워지고
평소 보지 못한 커다란 무덤만 점점 배가 불러 옵니다
폭설 경보를 알리는 라디오는 갈라진 목소리로 삐삐새처럼 지저귑니다

책에서 해방된 글자도 숫자도 새 떼처럼 날아 다닙니다
교회도 도서관도 법원도 공중에 다 흩어져
얼굴을 기억 못 하는 눈보라입니다

분명했던 것들이 분명하지 않아서
즐거운 전란입니다

저만치 산봉우리만 한 곰이 없던 길을 끌고 어슬렁거리며 걸어옵니다

눈을 가린 풍경들이 꽃의 장르로 다시 태어나는 중입니다

죽은 인형

그는 힘이 세다
한쪽 눈은 사라졌지만
남은 눈으로 바라보는 동안 나의 이목구비는 지워진다

사람들은 그가 죽었다고 한다
아무도 쳐다보지 않는다고 한다

그러나 수시로 그는 출현한다
죽어도 죽은 것이 아니어서
영원히 사는 섬유질의 생각들

걸핏하면 사람들은 그를 호명한다
벌떡 일어나 죽은 길을 걷고
때론 주장하며 채찍을 휘두르기도 한다
우뚝 솟아오르던 산맥들도 허리를 꺾고 순해진다

종이 밖으로 흘러가지 못하는 문장들
이곳의 목소리가 들리지 않는다

가야 한다고
없는 색깔로
여러 개의 눈과 팔다리로

그가 없는 곳
그의 시선이 사라진 곳
바다를 찢고 뛰쳐나와 격렬하게 꽃이 피는 곳

시

주천강은 안개를 진술 중이다
크고 작은 돌을 번갈아 던져도
안개는 모호한 문장
능멸과 오욕의 강을 건너온 자의 발이 사라지고
얼굴도 지워지고
글자 하나 보이지 않아서 마침내 돌아서는 사람들

그들은 말한다
너무 잘 보여서 쉽게 손에 잡히던 돌, 나무, 새
이목구비 또렷한 형상들을 몸 안에서 끄집어내 몇 개의 단위와 기호로 나누는
그것이 세계를 건축하는 구조물이라고

안개는 수시로 삭제한다
해마다 새 물감을 풀어 쓰는 봄이 그렇듯
그의 긴 문장은 언제나 수사학의 바깥에서 출발하여
불이 붙지 않는 젖은 나무와 마른 풀잎 곁에서 밀어를 나눈다

지우고 새로 쓰는 안개의 필법을 이해하지 못하는 눈동자들이 미립자로 흘러 다니는 강가에서 나는 자주 실종된다 나를 놓친다 손을 휘저어도 내가 잡히지 않아서

나는 물방울이 되고 안개가 되어 떠도는 중이다

방언

술병이 깨졌다 오래된 집을 버리고
사방으로 흩어진 이목구비
여기저기서 말똥거리는 눈
빼끔거리는 입

몸을 버린 물이 마음 가는 대로 흘러 다녔다

첨도 끝도
좌도 우도 사라졌다
얼마나 오래 견디다 마음 바깥으로 나온 허밍인지

곳곳에서 처음 보는 꽃이 피어나 오늘이 낯설어졌다
아무도 알아듣지 못하는 소리들
어순도 문법도 없이 반짝거렸다

혀끝에 박혀 발음되지 않던 새들을 지우는 동안

산란하는 약속처럼
말이 말을 버리고 질주하였다

저녁의 얼굴이 보이지 않아서
숨을 곳이 많아진 알몸의 햇볕들
들끓는 피의 방향으로 공터가 넓어지고
색색의 날개 퍼덕이며 무한대의 음악이 시작되었다

보라의 방향

홀로 배경을 견디고 있는 색이 있다 주위가 어두울수록 유일해지는

저건 울음이 아닌데
다만 한 다발의 차가운 불꽃인데
사방으로 넘쳐흐르는 보라

움직이지 않던 병이 꽃을 허락하고 꽃병으로 진화하듯
너는 돌아와 돛대처럼 서서 어서 가자고 서두르지만

보라의 꽃대를 잡고 있는 병

병을 놓을 수 없어서 사람들은 매일 같은 노래를 부르면서 어두워진다

병은 깊어지고 빈 주머니에 부르지 못한 휘파람들이 가득해졌다 나는 지금 누군가 짓다 만 집에 서 있다

바스락거리며 아스라이 멀어지는 보라

날마다 별빛 마르는 소리

바닥에 검은 그림자로 일렁이는 보라의 일생이 잠깐 보였다 사라진다

모과

길바닥에 모과 하나 떨어져 있다

어느 행성에서 날아온
홀로된 어린 사랑일지 모른다
노란색 모자를 쓰고 실종된 다섯 살 동요일지 모른다

차에 치일지 몰라 모과를 잔디밭에 옮겨 준다
연노랑 향기가 난다
울다가 멎은 딸꾹질 소리 들리는 듯
동자승 머리를 쓰다듬듯
모과를 어루만진다 손바닥 가득 향기로운 봄이 번진다

옷 벗겨 쫓겨난 아이처럼 글썽이는 얼굴
지금 이곳이 어디인지 모르는 생년월일처럼

한 걸음 떨어져 빛과 향의 행성을 바라본다
그늘 경전을 읽고 있는
동그란 무연고 무덤
구르기도 하고 채이기도 하다가 마지막 남은 색깔을 돌

려주고

검정으로 사라지는

어둠의 사제일지 모른다

그가 어디서 어떻게 몸을 벗는지 아무도 본 적 없는

저무는 빛을 따라 노오란 나비 떼 날아간다

저녁이라는 물질

꽃이 없는 봄이 왔다
사람들 얼굴에서 얼굴이 보이지 않아서
봄은 나무 속으로 숨고
나무들은 파업을 시작하였다

오래 읽고 있던 장문의 골목에서
몇몇이 촛불을 켜 들었다

이까짓 것이 뭐냐며
개미 떼처럼 곰실거리는 글자들을 쓸어 모아 불에 태웠다
그래도 좀 더 날아 보겠다고
검은 재가 된 글자들이 혼령처럼 공중에 떠다녔다

저녁이 저녁을 지우면서
빈방에 알몸의 허공이 가득해졌다
무방비로 열려 있어 곧 허물어질
허물어진 자리에 다시 까맣게 돋아날
머리 검은 마음의 잡초들

싹둑싹둑 자르면서 누운 햇볕을 일으켜 세우는 동안
혓바닥은 연신 바닥을 부인하며 파닥거렸다

202호 남자

한 남자가 소리를 꾹꾹 눌러 죽이며 노래를 한다
온몸을 비틀며 억지로 울음을 몸 안에 욱여넣듯

간신히 밖으로 흘러나오는 노래에 검은 지층의 혈흔이 묻어 있다

마디마다 불끈불끈 솟는
화염을 통과한 봉오리들

문을 닫고
바깥으로 소리가 새어 나가지 않게
위층 여자의 밤이 곤두서지 않게
숨죽여 부르는
한 남자의 노래

낮게 더 낮게 목쉰 봄의 허밍이 바닥으로 기어든다
구부러지고 뭉개져서
없는 얼굴로 시멘트 속으로 스미어 갈 곳을 찾는다
기타 소리도 들릴 듯 말 듯

이슬비로 흘러 어디 먼 곳에서 실뿌리로 돋아날 듯

밤새 힘주어 버티던 외벽의 등허리가 갈라진다
지난밤의 울분과 모멸의 틈에서 비어져 나오는
목젖 붉은 꽃

가만히 귀 기울이면 속에서 들끓던 저녁의 목록이 흘러
나온다 혼자 중얼거리는 굴뚝의 길고 검은 독백처럼

독무

죽은 바다를 툭툭 잘라 좌판에 던져 놓는다

그것은 모두 몸 안의 시선
몸 안의 사건

몸 안으로 들어오지 않은 기분이 있다
여러 개의 이름과 여러 개의 색깔을 가진

아직 이름을 갖지 못한 소리가 있다
몸 밖에서 들끓는 수많은 날씨가 있다
모호하다고
고개 돌린
기상이변도 있다
저만큼 던져 놓고
저건 밤이 아니라고 밤의 아비가 중얼거린다

몸이 읽지 못하는 색과 소리
손에 잡히지 않아
점점 밝아지는 무궁한 것들

지상에 없는 색을 독학하면서
아무도 하지 않은 연애로 혼자 불타면서

어느 날의 오후

잠깐 눈을 붙였는데
내가 사라졌다
팔다리 머리털까지

나는 나에게 묻는다
누구세요?
한 줌 뼈와 한 줌 살만 떨고 있다

조금 전의 목소리
조금 전의 심장
그동안 끼적여 온 장문의 편지조차
없다
우르르 몰려가고
우르르 몰려오고
내가 보이지 않아도 씩씩한 하루가 간다

웃는다
아무도 빈자리를 눈치채지 못한다
내가 있었던 것인지

아예 처음부터 없었던 것인지
허공이 실실 헛웃음을 짓는다
바람도 흐흐거리며 후박나무 사이로 흘러간다

이름도 얼굴도 지워진 몇몇 그림자가 어룽거린다
해 저문 저녁이 귓가에 웅얼웅얼 마지막 말을 전하는 듯
싶은데
나는 나를 찾으러 다닌다
여러 날 헤매고 다녀도
없다
이건 꿈이 아닌데
20층에서 1층 바닥을 내려다보는
꿈밖의 뜨거운 오후인데

벌새

너의 소리를 듣고 있어
큰 귀를 쫑긋거리며 듣는 여러 페이지의 밤도 있어

모두 돌아가고
불 꺼진 가로등만 고개 숙여 실패한 빛들을 증명하는 곳

골목 귀퉁이에서 무성하게 자라는 패랭이꽃 같은 별들을 만날 때가 있어 너는 언제나 입을 오므려 몇 개의 별을 만들곤 했지

너무 일찍 찾아온 내일이라는 말, 서둘러 날개를 접고 멀어지던 사람들은 이제 보이지 않아 떼 지어 몰려가 어둠의 덩어리가 된 사람들의 말뚝 같은 이야기

믿지 않아
날갯짓 멈추는 순간 바닥으로 떨어진다는 사실만이 몸의 정직한 기억이지

사라진 무늬를 찾아 오래 헤맸지만

그사이 길은 지워지고
어지럼증 때문에 옆의 나무를 잡고 잠시 서 있었지

믿지 않아

윙윙거리며 나무가 걷고 있는 건
바람이 멈춘 어느 날의 짧은 추억 때문이겠지

그러나 이곳엔 공중의 얇은 날개 몇 잎
오늘의 전재산 2.8그램
쉴 새 없이 파닥이며 잠시도 멈출 수 없는

텍스트

내가 부른 너는 없고
돌사자가 있다

너는 계속 미끄러지는 빗방울이다
너와 나는 눈을 맞춘 적이 없다

어디 있어요?
고개를 돌리면 너는 어제 죽은 아이와 놀고 있다

너는 연기되고
돌사자는 혼자 중얼거리다 파인애플이 된다

너는 완성되지 않는다

유리창의 빗방울이 죽은 낱말들을 지우며 흘러 내린다

4부

빵의 양식

너는 안다
굶주린 밤을
포대 자루 같은 밤의 텅 빈 위장을

하느님도 모르는 밤의 기록을 읽는다
늙은 서기가 떨리는 손으로 적어 내려간 그늘의 서사를
구석에 웅크리고 앉아 꾹꾹 눌러 적는다

네가 뒤척이며 보내는 불면의 나날
슬픔이 수국처럼 부풀어
둥실 떠오르는 달
오래 주저앉아 있던 너의 마음이 범람하여 둥글게 휘어진다

바구니에 담긴 달을 한 입 한 입 떼어 먹는다
아이들이 향기로운 달의 품으로 파고들고
간지럼 타며 웃는 달
모처럼 어미를 만난 물의 새끼들이 은빛 지느러미 반짝이며 깔깔거린다

너는 안다
젖어미였던 너는 큰 가슴 하나 불쑥 내어주고 사라지는
봄별의 짧은 언약이었음을
커다랗게 부풀어 단숨에 스스로를 허무는
희고 둥근 허공이었음을

없는 말

새를 열자 아침이 시작되었다
지저귀던 햇살들이 마당에 모여 들었다

서둘러 부화를 말하는 입속에
부리가 노란 봄이 가득해졌다

여러 개의 혀가 파닥거렸다

누설된 색깔들이 사라지고
없는 말들이 자욱해졌다

그가 보이지 않았다

금기어는 심장을 찔러도 피가 나지 않았다

픽션들

그가 거기 있다
딱정벌레가 아니고
몸통 굵은 지렁이가 아니고

콩콩 걸어와 모이를 쪼아 먹는 작은 돌멩이
자세히 보니
참새의 얼굴로 나타난
그가 거기 있다

동네 아이들은 간 곳 없고
석류나무에 오종종 모여 재재거리는
이젠 이름도 기억나지 않는 멧새들
옆집 아이는 어디로 갔는지
아랫집 코흘리개는 살아 있는지

들길을 굴리며 걷다 보니
어느덧 마침표 같은 산 하나
커다란 알을 품고 있는 묘지 하나

잘 계셨어요?
개망초가 살랑살랑 머리를 흔들고
꿩 한 마리 푸드득 날아오른다

하나이며 여럿인
청개구리, 메뚜기, 실잠자리, 풀무치
몸 간지러운 논둑길도 꿈틀,

곳곳에 그가 있다
곳곳에 불멸의 허구가 있다

소리의 행방

징이 울린다

말줄임표로 사라지는 소리에 점점 나는 아득해진다
눈이 지워지고 코가 지워지고 머리카락 한 올 보이지 않을 때까지
소리의 꽁무니를 따라간다

죽음의 표정이 명료해진다

보이지 않는 손이 나를 잠근다
소리와 함께 사라진 나를 찾지 못하고
누가 내 이름을 부르는 것 같다

지상은 구겨진 옷처럼 조용하다
내가 있던 자리마다 잡풀 무성하여
아무도 내가 있던 곳임을 알지 못한다

성별도 이목구비도 지워지고
다시 태어날 소리가 둥근 징 속에서 붐비고 있지만

동그랗게 맴돌던 소리들이 허공을 견디지 못하고 수면 위에 제 몸을 그린다 물고기 한 마리가 시간 밖으로 대가리를 내밀어 알은체를 하다 사라진다

징이 울린다

얼음장을 읽다

말 한마디 건네 보지 못한 밤의 귀가 물속에서 자란다

얼음장 위에 서서
당신을 보지만 나는 당신의 아침을 만지지 못한다

나의 서쪽은 입과 귀가 없고
몇 개의 돌과 어린 물고기가 노니는
눈웃음으로 찰랑거리는 동쪽
나의 오른손과 당신의 오른손 사이를 베고 지나가는 투명한 칼이 있다

어느 원시 종족의 외로운 방언처럼
돌멩이에서 빠져나와 날아다니는
손짓 발짓
누군가 너무 많은 저녁을 집어던지고
저수지 끝에서 푸드득 새 한 마리 날아오른다

나는 돌아서서
흐르는 물이 버리고 간 돌멩이와 말을 섞는다

간신히 공기의 부르튼 입술에서 개화하는 방향

손끝에서 웅얼웅얼 당신의 손이 태어난다

징후들

너는 없다
너는 지금 불가능한 아침이다

여기를 봐요

얼굴이 보이지 않는다
이곳에 없는 당신이 태어나고 분홍빛 숨소리가 들린다

복숭아꽃처럼 웃어요

밤이 되면
혼자 남은 그림자가 콜라병 안에서 출렁인다
거품 물고 여러 번 죽어 본 사람처럼
눈도 코도 없이

컥컥, 목에 걸린 방아쇠를 당기면
밖으로 튀어나오는
미처 부르지 못한 이름들

이제 숨을 쉬어요

한 번도 본 적 없는 당신
영영 만날 수 없는 당신

어떤 날

바람의 심중에는 여러 개의 칼날이 숨어 있다
휴지통에
잘리지 않는 저문 날의 질긴 문장들이 구겨져 있다
안녕이라고 말할 때 구름은 익숙하게 다음 생을 반주한다

복원하기 어려운 풀꽃들 곁에서
한 계절의 멸망과 쇠락하는 영혼의 솜털을 본다
떨며 흐느끼는데
미안하다고 말하는데
죽은 나뭇가지들은 입이 없다

다시 우리는 수 세기의 어둠을 반복한다
눈을 가느랗게 뜨고
멀리 있는 지평선에 시든 꽃들을 얹어 놓는다

혼자인 사람들은 하늘에 밑줄 그은 지평선의 끝자락을 읽으며 두 개의 귀를 솟대처럼 세운다 솟대를 번역한 새들이 단음조로 지저귀는, 아무도 알아듣지 못하는 음악들

날아갈 듯
날아가겠다

돌사자

멀리서 보니 없다
너도 나도 아예 보이지 않아
마음이 어디 있느냐고
컹컹 개 짖는 소리

수백 년 된 고택
바스러져 떨어져 내리는 나무 조각들
사람은 없고
말도 문자도 없고
마음이 오간 흔적도 없고

컹컹 개 짖는 소리
집 안을 혼령처럼 날아다니는
머리핀 같은 실잠자리
여섯 살 계집아이처럼
마루턱에 앉아 말똥거리며
다 어디 갔느냐고

유골로 남은 기둥의 갈라진 틈새에서

늙은 거미 할미 고물고물 기어 나와
너는 누구냐고
할 말 잃은 허공
허공의 식솔들

멀리서 보니 없다
포효하는 돌사자인 양
다만 컹컹 개 짖는 소리

붉은 날

텅 비어 결심한 적 없는 첼로는 늙은 저녁을 끌고 산 하나를 넘는다

지금은 모두
제 안에 숨어서
오색 물감을 풀어 분장 중이라고
겨울의 얼굴에 봄의 감정을 색칠하는 중이라고

브라질풍의 바흐 5번 아리아
저음으로 둥글게 감싸 안아
어디쯤에선가 슬며시 손발이 사라지는 순간

그리스의 고양이는 왜 사람이 먼저냐고 노려보고
책 속의 나는 책 밖의 나에게 말을 건네지 못하여
화단의 꽃이 진다

세상 밖으로 조용히 발을 밀어 넣는 것들

슬픔은 한껏 부풀어 우아하게 저녁 하늘을 뒤덮는다

누군가를 자꾸 불러 보지만
공중은 길게 휘어져 무지개 한 자락 걸쳐 놓고 말이 없다
다했다는 듯
더 이상 결심할 사랑이 없다는 듯

어제 죽은 이가 홀로 걸어갔던 길을 걷는다
미처 다 내려놓지 못하여
악기의 현에 얹혀 흐느끼고 있는 인간의 말

바람 한 줄기 지나간 자리마다 앵초꽃 몇 송이 더듬더듬 피어나는 동안

클릭

가야 하는데
동굴 밖엔 눈도 머리도 없는
몸뚱이만 남아 몰려다니는 먹장구름들

봉인된 하늘을 뜯어내면
오래 숨겨 둔 빛의 문서들이 쏟아져 나온다고 하는데
검은 옷을 뒤집어 쓴 수도사들
어디로 자꾸 숨는 것인지
눈감고 지상의 한 구석에 무덤 한 채 마련한 건 아닌지

꽃들은 말이 없고
벤치에 오래 앉아 있던 어둠의 덩어리
구석에서 혼자 타고 있는 담배꽁초

가야 하는데
꽃이 지는 반대 방향에서 봄은 완성되는데

다른 풍경을 바라보면서
폐허를 건너온 별빛이 밀봉되는 곳은 어디인지?

얼굴이 무너져 남몰래 이목구비를 수습하고 있는 곳은
어디인지?

빗소리 경전

고택 마루에 앉아 듣는다
하늘에서 흘려보내는 어느 행성의 머나먼 이야기들을

비는 멈추지 않는다 네가 놓고 간 봄이 꽃피지 않아서
멀리 돌아서 온 소리들
다 벗어 버리고
알몸 하나로 투신하여 동그라미 둥지 속에 달을 낳는다
어릴 적 구석에 웅크리고 앉아 떨며 그리던
지붕 위 따듯한 만월

빗물 고인 마당을 맨발로 뛰어가는 물의 아이들
왜 희고 동그란 발만 보이는지
깡충거리며 연속으로 꽃눈을 틔우는 새 발자국만 보이는지

눈을 감는다
아픈 바닥을 다독이며 물의 씨앗을 파종하는 가늘고 투명한 손
비와 빗소리 사이

조금씩 보이던 것들이 다 지워져서
홀로 빗소리만 남은 곳

소리를 따라간다
저녁의 어깨 너머 누군가의 휘파람으로 떠돌던 내가 서서히 사라진다 어제 작성하던 문서도 주말의 약속도 의료 진단서도 보이지 않는다

여러 생을 건너와
오직 천지 가득 명랑하게 뛰노는 빗소리
빗소리

입구

너에게는 입구가 없다
돌멩이처럼 입을 다문, 바윗덩이처럼 몸통만 남은
너는 입구가 없다
사방을 둘러보아도 너는 불 꺼진 계절이어서
온기 없이 딱딱한 심장이어서

너를 두드려 본다
꽃의 언어와 빗방울의 멜로디로
그러나 눈감은 지 오래
가슴이 사라진 지 오래

너의 뼈와 살을 봄볕처럼 덥힐 불의 체온들
돌아서서 하나둘 떠나고
성벽이 된
네모반듯한 돌덩이들

다른 방향을 모르는 말뚝
너는 웃는다
깨진 유리 조각처럼

통증을 이해 못하는 면도날처럼

너에게는 입구가 없다
너에게는 불 지필 아궁이가 없다

설원

어디서나 백지는 힘이 세다
출발이며 도착인 곳
영원이라는 말과 가끔 혼동하는 곳

백지는 어디서나 너를 부른다

돌아오라고 내려놓으라고 말한다
나날이 전투인 사람들에게 그런 말이 얼마나 공갈빵 같은 수사인지
얼마나 머나먼 잠꼬대인지

가장 어려운 지름길을 중얼거리는 백지족

이곳을 떠날 수 없고
도망갈 수 없는 사람들은
구름을 오래 씹고 있으면 박하향이 난다는 말을 믿지 않는다

위로도 위안도

잠시 흩날리다 멈추는 눈발인 양
눈썹에 맺혀 글썽이는 혼잣말인 양

몇몇이 흰 수사복을 걸친 산길 대신 젖은 발자국 많은 곳으로 걸어간다 얼굴을 처음 갖게 된 길들이 등뼈 곧추세우고 반짝이는

다 뭉개져서 마지막 하나 남은

이상한 오후

어제 왔던 그가 없다
이리저리 휘어지던 골목길이 꺾이지 않는다

아침부터 주인 잃은 소들이 운다
고라니가 빠져 죽은 연못도 낮고 굵은 목청으로 따라 운다

너는 지금 누군가가 꾸고 있는 꿈이야

뒤돌아본다
아무도 없다

태풍에 쓰러진 느티나무가 뼈 부러지는 소리를 내며 눈을 뜬다 두 갈래로 갈라지는 길에서 네가 내 손을 잡는다 산외면 들판이 다른 시간으로 흘러가 티벳 카펫으로 도르르 펼쳐진다

양피지 사본에서 지워진 이름이지만
너는 지금 사라진 누군가의 시간 속에 살고 있어
기억하니?

이곳의 위험한 기후를

달빛의 압축파일 같은 반딧불이의 어둠 속 행로를

■ 작품 해설 ■

불립문자를 향유하는 시간

김수이(문학평론가)

소리를 얻지 못한 말들을 삼키며
홀로 저녁을 건너고
밤을 지나
(…)
침묵의 맨발로 서 있는 무한한 고요를 본 적이 있다
—「나무의 영역」에서

세계를 듣고 읽는 일을 업으로 삼는 시인이 있다. 홍일표는 세계의 예민한 청취자이자 독해자가 됨으로써 시인이 되었다. 인과관계는 반대일 수도 있다. 세계는 삼라만상, 천지 만물, 대자연, 우주 등의 다양한 이름들을 갖고 있는바, 홍일표는 이름부터가 여럿인 세계에 대한 문해력(literacy)을 터득하는 일과 시를 쓰는 일을 하나의 행위로 수행한다. 세계의 소리를 듣고 세계의 문장을 읽어 내려는 홍일표의 시에는 기묘한 시적 정황이 반복된다. 문해의 주체인 '나'가 자주 사라져 실체가 없거나 모호한 것이다. "내가 있었던 것인지/ 아예 처음부터 없었던 것인지"(「어느 날의 오후」)조차 도무지 알 길이 없다고 '나'를 관찰하는 또 다른 '나'의 목소리는 쓴다. 그렇다면, 이 '없(어지)는 자'의 자리에서 세계의 소리를 듣고 세계의 문장을 읽어 내려는 이는 누구인가? 자신의 존재가 부재하거나 희박한 자리에서 말하고 쓰는 이의 정체는, 이름은, 발성법은 또 무엇인가?

홍일표의 시에서 '나'는 아무것도 아니면서 모든 것인, 그리하여 아무것이라도 될 수 있는 자리 혹은 시점에서 갖은 형상으로 생겨나 사라지기를 거듭한다. '너', '그', '그것'들도 같은 운명을 살고 있다. 그 생멸의 정황들은 이번 시집에서 보이지 않는 것을 보고 들리지 않는 것을 듣는, 감각의 물리적 차원을 초과하는 감응력에 힘입어 각양각색의 형상을 얻는다. "일체 만물은 끊임없이 변화한다."라는 제행무상(諸行無常), 염념생멸(念念生滅)*의 이치를 부지런히 이행하는 존재들의 풍경은 현실과 비현실의 경계를 지우며 분방하고 하염없다. "없는 코끼리를 나 혼자 간신히 잡고 서 있다"(「코끼리傳」), "소리를 따라간다/ 저녁의 어깨 너머 누군가의 휘파람으로 떠돌던 내가 서서히 사라진다"(「빗소리 경전」), "어디선가 내가 다시 태어나 걸어 다니고 있는 듯"(「계동과 가회동 사이」), "이곳에 없는 당신이 태어나고 분홍빛 숨소리가 들린다"(「징후들」), "너는 가고 있고/ 가면서

* 우주의 모든 사물이 시시각각으로 나고 죽고 하여 잠깐도 끊이지 아니하고 변화하는 일을 의미하는 불교 용어.

변신하고 있고/ 아무도 몰래 얼굴을 감추고 사라지면서/ 어디서 맑은 개울물 소리"(「화석」), "나의 어머니 나의 조모 나의 증조모까지 자두밭에 가득합니다 우리는 서로 몰라보고 얼굴이 빨개지도록 동그랗게 웃고 있습니다"(「질문」), "애초부터 없던 소를 팔겠다고 쾅쾅 문을 두드렸네"(「낮꿈」) 등의 비약적이며 환상적이기까지 정황들은 '없(어지)는 것'들의 기묘한 존재성을 활성화하면서 홍일표의 시에 현실 바깥과 현실 이상의 공간을 열어 놓는다.

시시각각 변화하는 무상한 '나'는 그 무엇도 아니면서 무엇이든 될 수 있는 가능성과 잠재성을 갖고 있다. 가능성과 잠재성은 아이러니하게도 존재의 유한성과 한계로부터 생성된다. 홍일표는 이 무상한, 유한한, 곧 달라질 '나'의 양상을 투명하게 목격하는 것을 넘어, '나'를 서술하는 시적 주체의 불안정한 위상을 간파하는 데 이른다. 홍일표의 시에는 넓고 커서 끝이 없는 세계, 세계를 경험하고 인식하는 '나', 세계와 '나'를 관찰하고 서술하는 시적 주체 및 시인 등의 세 차원에서 분명한 실체와 고정된 역할이 실종된 상황이 시시각각 펼쳐진다. 홍일표 시의 주요 서술어들이 모호하다, 모르다, 없다, 아니다, 못하다, ~인 것 같다 등의 비실체성과 불확실성을 표명하는 어휘들인 점은 이와 관련이 깊다. 이중 '없다'를 예로 들면, 홍일표 시의 서사는 다음과 같은 문장이 된다. 세계는 없(어지고 있)고, 세계를 경험하고 인식하는 '나'도 없(어지고 있)으며, 이를 언어로 재

현하는 '나' 역시 없(어지고 있)다. 홍일표는 '없(어지)는' 무상한 정황이 어떻게 자신의 시 쓰기를 촉발하는지를 울울(鬱鬱)하고도 텅 빈 하나의 문장으로 쓰고 있다.

> 일체의 만상이 허상으로 흩어지는 중에 나는 외뿔인 것이고 빈방에 흘러든 달빛을 무연히 바라보면서 익명의 달빛으로 점점 희미해지고 희미해지다가 다시 일어나 무용(無用)이 대용(大用)임을 헤아리다 보면 사유의 도식을 초과한 에너지들이 넘실거리는 새벽에 당도하여 시 한 편 받아적는 것인데 그러한 나날을 서늘하고 지극한, 시간 밖의 시간이라 하겠다.
>
> — '시인의 말' 전문

일체 만상이 부질없이 흩어지는 세계에서, 그 한없이 미미한 일부인 '나'는 "익명의 달빛으로 점점 희미해지고 희미해지다가 다시 일어나" 세계로부터 "시 한 편 받아 적는"다. 쓸모없음[無用]이 곧 큰 쓸모 있음[大用]임을 헤아리는 까닭이고, "사유의 도식을 초과한 에너지들"에 들려 불현듯 "시간 밖의 시간"에 당도한 까닭이다. 홍일표는 자신의 시작법이 '받아적는' 것이라고 밝힌다. 시인이 스스로 시를 '쓰는' 것이 아니라 외부의 요청으로 '쓰(는 일을 당하)는' 것이라는 입장은 고전주의나 낭만주의의 문학관을 떠올리게 한다. 예컨대, 이규보는 무시로 찾아와 자신을 압도한 시상을 '시마(詩魔)'라고 칭하며 그 횡포를 원망한 바 있다. "어찌할 수 없는 시마(詩魔)란 놈/ 아침저녁으로 몰래 따라다니며/ 한번 붙으면 잠시도 놓아주지 않아/ 나를 이 지경에 이르게 했네// 날이면 날마다 심간(心肝)을 깎아/ 몇 편의 시를 쥐어짜내니/ 기름기와 진액은 다 빠지고/ 살도 또한 남아 있지 않다오"(「시벽(詩癖)」). 이규보가 강렬하게 토로한 '시마의 고통'은 시를 쓰는 일의 즐거움과 양면성의 관계에 있으며, 거절할 수 없는 수동성과 외부로부터 촉발된 자발성 모두가 시 쓰기의 중요한 원천임을 일깨운다.

홍일표의 시 쓰기는 세계의 소리와 말을 받아 적는 일종의 대필 행위라는 점과 우주의 이치를 배우고 체화하는 평생에 걸친 수련이라는 점에서 고전주의적 면모를 드러낸다. 그러나 홍일표의 시는 특정 이념에 무심한 측면에서 고전주의의 사유의 틀을 벗어나 있으며, 같은 맥락에서 불교의 사유를 수용하면서도 그에 한정되지 않는 점에서 종교시와도 거리를 지닌다. 홍일표는 독특한 기획 아래 세계를 재구성하는 시적 편집술이나, 세계를 '나'의 시선으로 물들이는 서정적 자아의 염색술 등도 모두 경계한다. 대신 그는 삼라만상, 대자연, 우주 등으로 불리는 무한하고 무상한 세계를 공부하는 일과 시를 쓰는 일을 겹쳐 놓으며, "시간 밖의 시간"에서 찾아오는 시를 받아 적는 창조적 수동성을 발휘한다. 이때 시 쓰기는 대자연의 불립문자와 인간의 언어가 공존하고, 시인과 세계가 함께 어우러져 행하는 공동작업의 성격을 띤다. 홍일표의 시적 주체 및 자아상은 대자연이 말하는 소리를 유심하고도 무심하게 듣는 가운데 '삼라만상을 공부하는 자'이며 '삼라만상 속에서 없(어지)는 자'이다. 홍일표에게 삼라만상은 평생을 바쳐 궁구해야 할 영원의 텍스트로서, 그의 시와 삶은 대자연에 대한 문해력을 습득하기 위한 끝없는 과정이 된다. 이 공부는 진전 여부를 확인하기 어려우며, 문해의 정확성조차 끝내 미지의 것으로 남는다. 대자연의 텍스트는 인간의 언어로 번역할 수 없을뿐더러 인간의 언어 자체를 무력화하는 '불립문자'로 쓰여 있는 까닭이다. 뜻밖에도 홍일표는 이 순간을 '신(神)'의 신성성을 만나는 순간, 신의 언어를 읽고 인간의 언어로 다시 쓰는 시 쓰기의 희열이 가득한 순간으로 묘사한다.

신의 지문이 묻어 있는 버드나무잎 하나
우편엽서처럼 날아와
가만히 들여다보면
햇살이 새겨 놓고 간 오돌도돌한 불립문자
더듬더듬 손끝을 타고 올라와 소곤거린다

소곤거리는 봄볕과 함께 산림문화관에서 버드나무잎 화석을 읽는다
돌과 이파리의 경계 너머
사라진 네가 몰래 숨어든 곳
유리관 안에서 모른 체하며 앉아 있는

돌도 나뭇잎도 아닌

하느님도 나비도 아닌

너였다가 너의 미래였다가

아무것도 아니면서 모든 것인

다만 지금은 황홀한 한때

—「화석」에서

"신의 지문이 묻어 있는 버드나무잎 하나"에 "햇살이 새겨놓고 간 오돌도돌한 불립문자"를 읽는 방법은 그 의미를 추출하는 것이 아니다. 대자연의 섭리가 완벽하게 새겨진 버드나무잎이 "더듬더듬 손끝을 타고 올라와 소곤거리"는 소리를, 지금 여기에 펼쳐지는 버드나무잎의 현존(現存)을 '나'의 존재를 활짝 열고 오롯이 향유하는 것이다. 수없이 다른 형상으로 변해 왔고 또 변할 버드나무잎은 "아무것도 아니면서 모든 것"으로서 지금 '화석'의 형태로 "돌과 이파리의 경계 너머"에 현존한다. "신의 지문이 묻어 있는" 대자연의 '불립문자'가 언표하는 것은 바로 이 현존 자체일 것이다. 버드나무잎-화석의 현존과 '나'의 현존이 만나는 이 순간은, "'지금'만이 시간과 형태를 초월한 존재의 영역에 접근할 수 있는 유일한 지점"*이라는 것을 깨닫는 "황홀한 한때"이다. 인간의 언어를 형상으로 취할 수밖에 없는 홍일

* 에크하르트 톨레, 최린 옮김, 『이 순간의 나』(센시오, 2019), 41쪽.

표의 시가 서술할 수 있는 것은 대략 여기까지일 터인데, 이는 시 「코끼리傳」에서 "마침내 언덕에 올라 춤추고 노래하는 코끼리"의 열반의 이미지로 형상화된다. (잘 알려진 것처럼, 석가모니 부처의 어머니 마야부인은 흰 코끼리가 몸 안으로 들어오는 태몽을 꾸고 석가모니를 잉태했다. 불교에서 흰 코끼리는 진리, 대승보살을 상징한다.)

> 두툼한 고서 같은 코끼리를 펼쳐 본다
> 느티나무 밑에서 모르는 문장들이 웅성거리고
> 코끼리는 태풍의 머리채를 잡고 휘청거린다
>
> 머리카락 무성한 슬픔처럼 커다랗게 부풀어 오른 코끼리
> 마침내 언덕에 올라 춤추고 노래하는 코끼리
>
> —「코끼리傳」에서

'지금'에 완전히 몰입하는 "황홀한 한때"를 지속하고, "마침내 언덕에 올라 춤추고 노래하는 코끼리"를 증득(證得)하는 것은 평범한 인간에게는 요원한 일이 아닐 수 없다. 홍일표는 현존의 황홀과 해석 불가능의 곤경을 함께 시화한다. 현존의 황홀은 존재의 차원에, 해석 불가능의 곤경은 의미의 차원에 속한다고 할 수 있는데, 언어를 다루는 시인은 둘의 아득한 간극을 오가며 헤어날 수 없는 궁지에, 더불어 적막한 열애에 빠진다. "곳곳에서 처음 보는 꽃이 피

어나 오늘이 낯설어졌다/ 아무도 알아듣지 못하는 소리들/ 어순도 문법도 없이 반짝거렸다// 혀끝에 박혀 발음되지 않던 새들을 지우는 동안// 산란하는 약속처럼/ 말이 말을 버리고 질주하였다"(「방언」). "몸이 읽지 못하는 색과 소리/ 손에 잡히지 않아/ 점점 밝아지는 무궁한 것들// 지상에 없는 색을 독학하면서/ 아무도 하지 않은 연애로 혼자 불타면서"(「독무」). "그대가 적어 놓은 몇몇 문장을 필사하면서 혹은 만져 보면서 나는 여러 번 넘어진 적이 있다 흘림체의 문자향에 취해서가 아니라 넘어서지 못한 글자들이 많았기 때문이다"(「사라진 문자」), "도무지 의자 밖으로 넘치지 않는 희박한 당신"(「금요일」), "나는 밖에 갇혀 오도 가도 못한다"(「열쇠」) 등.

홍일표의 시는 삼라만상의 텍스트 앞에서 인간의 언어를 초월할 수도 없고, 삼라만상을 인간의 언어로 재현할 수도 없는 딜레마를 살아 낸다. 인간이 만든 언어를 그 법칙의 바깥으로 나아가고자 하는 동시에 활용하면서 삼라만상의 소리와 문장을 읽으려는 시인은 무모한가, 무량한가. 또다른 시편 「시」에는 대자연의 소리와 문장을 듣고 읽는 그 불가능한 현장 및 시인의 작법의 비밀이 고스란히 그려져 있다. 이 시에서 '안개'는 '주천강'이 구사하는 진술문, 모호한 문장, 수사학의 바깥, 지우고 새로 쓰는 필법 등으로 지칭된다. 대자연을 하나의 텍스트로, 대자연이 무심히 펼쳐 내는 불립문자의 언어 체제로 바라보는 홍일표의 시선이 도드라진 예라고 할 수 있다.

주천강은 안개를 진술 중이다
크고 작은 돌을 번갈아 던져도
안개는 모호한 문장
능멸과 오욕의 강을 건너온 자의 발이 사라지고
얼굴도 지워지고
글자 하나 보이지 않아서 마침내 돌아서는 사람들

그들은 말한다
너무 잘 보여서 쉽게 손에 잡히던 돌, 나무, 새
이목구비 또렷한 형상들을 몸 안에서 끄집어내 몇 개의 단위와 기호로 나누는
그것이 세계를 건축하는 구조물이라고

안개는 수시로 삭제한다
해마다 새 물감을 풀어 쓰는 봄이 그렇듯
그의 긴 문장은 언제나 수사학의 바깥에서 출발하여
불이 붙지 않는 젖은 나무와 마른 풀잎 곁에서 밀어를 나눈다

지우고 새로 쓰는 안개의 필법을 이해하지 못하는 눈동자들이 미립자로 흘러 다니는 강가에서 나는 자주 실종된다 나

를 놓친다 손을 휘저어도 내가 잡히지 않아서

나는 물방울이 되고 안개가 되어 떠도는 중이다

—「시」

불립문자로 쓰인 '안개'의 글자와 문장, 수사법, 필법 등은 모호하고 계속 지워져 읽을 수 없다. 세상 "사람들"이 "너무 잘 보여서 쉽게 손에 잡히던 돌, 나무, 새/ 이목구비 또렷한 형상들을 몸 안에서 끄집어내 몇 개의 단위와 기호로 나누"어 "세계를 건축하는 구조물"로 삼은, 경직되고 가시적인 인간의 언어와 대비된다. 안개 속에서 사람들은 "글자 하나 보이지 않아서 마침내 돌아"서고, 안개의 모호한 문장을 계속 읽으려는 "나는 자주 실종된다 나를 놓친다". '안개'의 불립문자를 읽기 위해서는 해석자로서 인간 주체의 허구적 지위를 내려놓고, "몇 개의 단위와 기호"로 구성된 인간 언어의 틀을 초월해야 한다. 역설적이게도, 삼라만상 속에 녹아들어 '나를 잃어버린 자'만이 불립문자의 뜻을 헤아릴 수 있을 것이다. '나를 잃어버린 자', '없(어지)는 자'는 만물 중의 그 무엇으로도 유유히 변해 가는 자, 만물의 일부인 자이다. "'나는' 물방울이 되고 안개가 되어 떠도는 중이다". 이 '되어 감'과 '떠돎'은 나의 선택이나 의지와는 무관하다. 나는 이미 그러한, 무상한 존재이기 때문이다.

홍일표의 시에는 한 존재가 다른 존재로 바뀌는 변성(變

性)의 사건이 끊이지 않는다. 이를 '윤회'라고 불러도 크게 틀린 말은 아닐 것이다. 홍일표에 의하면, 일체 만물은 가능성과 잠재성의 타자들이 드나들다가 불쑥 모습을 드러내는 탈바꿈의 무대와도 같다. 가령, 내 안에서는 "오지의 자생식물처럼" "숨어 있던 낙타가 걸어나오"고(「낙타」), "환하게 불 켜진 코끼리 한 마리"가 "걸어나오"며(「푸른 코끼리」), "시간 밖으로 대가리를 내밀어 알은체를 하다 사라지"는 "물고리 한 마리"가 튀어나온다.(「소리의 행방」) "누가 지금 바람의 흘림체 문장들을 돌멩이 속에 욱여넣고 있"고(「의문」), "느티나무가 네 안에 들어가 숨 쉬"며(「만신」), '너'의 "젖은 몸에서 여러 마리의 새들이 파다닥 날아오르"(「숨은 천사」)는 일도 다반사다. 윤회는 생사의 경계를 넘어서만이 아니라, 한 존재가 살아가는 동안 생각과 의식의 경계를 넘어서도 일어난다. 이 개별적이면서도 동시다발적인 윤회의 사건들은 인간의 관점에서는 상상이거나 환상일지 모르나, 우주의 차원에서는 실제이다. 무수한 전생과 후생이 중첩된 삼라만상의 리얼리즘은 인간의 제한된 육체적 감각과 언어적 사유야말로 허상의 진원지임을 일깨운다. "무수히 많은 울음이 지나다니던 구멍마다 격렬하게 죽어 가는 말 대신/ 뜻밖의 허밍/ 뜻밖의 방향"(「송전탑」)이 흘러나오는 일은 이렇게 가능해진다. 말하자면, 대자연이라는 불립문자와의 조우.

다음 두 편의 시에는 홍일표가 삶 속에서 문득 만나는

변성 및 윤회의 현장이 넘치는 환희 속에 그려져 있다.

시간 너머에서 닫힌 네가 열린다
물을 찢으며
섬광처럼 튀어 오르는 물고기

하늘이 길게 휘어져 팽팽해지는
온몸 푸르른 날이 있다
뒷전의 바위들도 몸속의 허공을 꺼내어 훨훨 날아오르는

—「낚시꾼」에서

산도 건물도 지워지고
평소 보지 못한 커다란 무덤만 점점 배가 불러 옵니다
폭설경보를 알리는 라디오는 갈라진 목소리로 삐삐새처럼
지저귑니다

책에서 해방된 글자도 숫자도 새떼처럼 날아 다닙니다
교회도 도서관도 법원도 공중에 다 흩어져
얼굴을 기억 못 하는 눈보라입니다
분명했던 것들이 분명하지 않아서
즐거운 전란입니다

저만치 산봉우리만 한 곰이 없던 길을 끌고 어슬렁거리며

걸어옵니다

눈을 가린 풍경들이 꽃의 장르로 다시 태어나는 중입니다
—「폭설」에서

대자연의 불립문자를 해석하는 것이 아니라 향유하고 있는 이 시들에서 정작 '나'는 보이지 않는다. 지금 '나'는 없(어지)는 자인 동시에, 물고기, 허공, 산, 건물, 곰, 꽃 등 무엇이든 될 수 있는 자이다. 자유롭고도 기쁜 열림, 도약, 비상, 소멸, 해방, 재탄생의 축제인 "즐거운 전란"은 이렇게 하여 '없(어지)는 나'를 지금 이 순간의 현존 앞에 다시 데려다 놓는다. 지금 여기의 '현존'은 끊임없이 변화하는 존재가 끊임없이 변화하는 우주의 흐름에 참여하는 현실의 통로이자 유일한 통로이다. "닫힌 네가 열리"며 "섬광처럼 튀어오르는 물고기", 바위의 몸 속에서 "훨훨 날아오르"는 새, 산과 건물 등 모든 형상들이 지워진 폭설의 거리에 "없던 길을 끌고 어슬렁거리며 걸어오"는 곰 들은 모든 존재가 서로 바뀔 수 있는 '가역의 형태/상태'로 서로를 향해 활짝 열려 있음을 보여 준다.

삼라만상의 "모호한 문장"을 읽을 수 없는 곤경에서 출발한 홍일표는 이제 "분명했던 것들이 분명하지 않아서 즐거운 전란"에 도착한다. 지금 그는 '분명하지 않은 것'을 해석 불가능성의 궁지가 아닌, 변성과 창조의 가능성으로

받아들인다. 물론 홍일표 역시 다른 사람들과 마찬가지로 "다 닳은 구두 밑창처럼 지루한 나날"(「북극」)이 반복되는 일상을 살아간다. "아직 울음을 풀어놓지 못한 늦은 밤"(「그날」)과 "도처에 차고 딱딱한 불가능한 노래가 있"(「묵음」)는 서늘한 현실에서 상처와 절망, 질병, 사랑의 상실 등의 고통을 수시로 속수무책으로 겪는다. 신성한 우주와 비루한 일상은 분명 같은 시간 같은 자리에서 엄연하여, 인간의 고통과 번뇌는 유한한 삶 속에서도 무한히 펼쳐진다. 그렇다면 우리는 무엇을 바라며 어떻게 살아야 할까. 이 문제를 단번에 관통하는 일화 하나를 참조하기로 하자. 우리가 사는 물질세계의 본질이 그림자와도 같은 허상임을 평생 설법한 선사가 있었다. 죽기 직전 그는 스승의 마지막 말을 듣기 위해 모인 제자들에게 말했다. "나는 살고 싶다. 살고 싶어." 실망한 제자들이 어떻게 그런 말씀을 하시느냐고 반문하자, 선사는 다시 말했다. "정말이다. 정말 살고 싶구나."*

'살고 싶은 마음'. 평생의 수행을 통해 삶의 마지막에 도달한 마지막 자리. 유한한 인간 존재가, 불완전한 인간의 언어가, 허상을 받아적는 행위일지도 모를 시 쓰기가 다시 팽팽한 삶의 활력을 얻는 자리. 비약과 도약이 논리를 무화

* 키리아코스 C. 마르키데스, 이균형 옮김, 『지중해의 성자 다스칼로스 1』(정신세계사, 2020), 218쪽 참조.

하는 자리. 그리하여 모든 것이 변화하는 무상한 세계에서 끊임없이 변화하는 무상한 '나'는 멈추지 않고, 멈출 수도 없이 소멸과 새로운 재탄생을 향해 나아간다. 삶을 새로 출발하는 일은, 내 안에서 새로 돋은 날개를 펼치는 일은 그러므로 언제든지 가능하다. 말할 것도 없이, 바로 지금 여기에서. "없는 말들이 자욱해지"(「없는 말」)는 불립문자의 시간에 홍일표는 "이곳에 없는 이름을 지어 부"르는 일부터 시작한다. 지금 이 순간, 다시 또 다시.

> 눈앞의 풍경이 모호해서
> 이곳에 없는 이름을 지어 불렀다
>
> 새로 출발한 풍경이라고 말하자
> 새로 날개가 돋은 바람이라고 부르자
>
> —「낙타」에서

지은이 **홍일표**

1988년《심상》신인상, 1992년《경향신문》신춘문예로 등단했다. 시집 『살바도르 달리풍의 낮달』『매혹의 지도』『밀서』『나는 노래를 가지러 왔다』와 청소년 시집 『우리는 어딨지?』, 평설집 『홀림의 풍경들』을 펴냈다. 지리산문학상, 시인광장작품상을 수상했다.

중세를 적다

1판 1쇄 찍음 2021년 1월 8일
1판 1쇄 펴냄 2021년 1월 22일

지은이 홍일표
발행인 박근섭, 박상준
펴낸곳 (주)민음사

출판등록 1966. 5.19. (제16-490호)
서울특별시 강남구 도산대로1길 62(신사동)
강남출판문화센터 5층 (06027)
대표전화 02-515-2000 / 팩시밀리 02-515-2007
www.minumsa.com

ISBN 978-89-374-0900-4 04810
978-89-374-0802-1 (세트)

민음의 시

민음의 시
목록

001 전원시편 고은
002 멀리 뛰기 신진
003 춤꾼 이야기 이윤택
004 토마토 씨앗을 심은 후부터 백미혜
005 징조 안수환
006 반성 김영승
007 햄버거에 대한 명상 장정일
008 진흙소를 타고 최승호
009 보이지 않는 것의 그림자 박이문
010 강 구광본
011 아내의 잠 박경석
012 새벽편지 정호승
013 매장시편 임동확
014 새를 기다리며 김수복
015 내 젖은 구두 벗어 해에게 보여줄 때 이문재
016 길안에서의 택시잡기 장정일
017 우수의 이불을 덮고 이기철
018 느리고 무겁게 그리고 우울하게 김영태
019 아침책상 최동호
020 안개와 불 하재봉
021 누가 두꺼비집을 내려놨나 장경린
022 흙은 사각형의 기억을 갖고 있다 송찬호
023 물 위를 걷는 자, 물 밑을 걷는 자 주창윤
024 땅의 뿌리 그 깊은 속 배진성
025 잘 가라 내 청춘 이상희
026 장마는 아이들을 눈뜨게 하고 정화진
027 불란서 영화처럼 전연옥
028 얼굴 없는 사람과의 약속 정한용
029 깊은 곳에 그물을 남진우
030 지금 남은 자들의 골짜기엔 고진하
031 살아 있는 날들의 비망록 임동확
032 검은 소에 관한 기억 채성병
033 산정묘지 조정권
034 신은 망했다 이갑수
035 꽃은 푸른 빛을 피하고 박재삼
036 침엽수림에서 엄원태
037 숨은 사내 박기영
038 땅은 주검을 호락호락 받아 주지 않는다 조은
039 낯선 길에 묻다 성석제
040 404호 김혜수
041 이 강산 녹음 방초 박종해
042 뿔 문인수
043 두 힘이 숲을 설레게 한다 손진은
044 황금 연못 장옥관
045 밤에 용서라는 말을 들었다 이진명
046 홀로 등불을 상처 위에 켜다 윤후명
047 고래는 명상가 김영태
048 당나귀의 꿈 권대웅
049 까마귀 김재석
050 늙은 퇴폐 이승욱
051 색동 단풍숲을 노래하라 김영무
052 산책시편 이문재
053 입국 사이토우 마리코
054 저녁의 첼로 최계선
055 6은 나무 7은 돌고래 박상순
056 세상의 모든 저녁 유하
057 산화가 노혜봉
058 여우를 살리기 위해 이학성
059 현대적 이갑수
060 황천반점 윤제림
061 몸나무의 추억 박진형
062 푸른 비상구 이희중
063 님시편 하종오
064 비밀을 사랑한 이유 정은숙
065 고요한 동백을 품은 바다가 있다 정화진
066 내 귓속의 장대나무 숲 최정례
067 바퀴소리를 듣는다 장옥관
068 참 이상한 상형문자 이승욱
069 열하를 향하여 이기철
070 발전소 하재봉
071 화염길 박찬

147 슬픈 갈릴레이의 마을 정채원
148 습관성 겨울 장승리
149 나쁜 소년이 서 있다 허연
150 앨리스네 집 황성희
151 스윙 여태천
152 호텔 타셀의 돼지들 오은
153 아주 붉은 현기증 천수호
154 침대를 타고 달렸어 신현림
155 소설을 쓰자 김언
156 달의 아가미 김두안
157 우주전쟁 중에 첫사랑 서동욱
158 시소의 감정 김지녀
159 오페라 미용실 윤석정
160 시차의 눈을 달랜다 김경주
161 몽해항로 장석주
162 은하가 은하를 관통하는 밤 강기원
163 마계 윤의섭
164 벼랑 위의 사랑 차창룡
165 언니에게 이영주
166 소년 파르티잔 행동 지침 서효인
167 조용한 회화 가족 No. 1 조민
168 다산의 처녀 문정희
169 타인의 의미 김행숙
170 귀 없는 토끼에 관한 소수 의견 김성대
171 고요로의 초대 조정권
172 애초의 당신 김요일
173 가벼운 마음의 소유자들 유형진
174 종이 신달자
175 명왕성 되다 이재훈
176 유령들 정한용
177 파묻힌 얼굴 오정국
178 키키 김산
179 백 년 동안의 세계대전 서효인
180 나무, 나의 모국어 이기철
181 밤의 분명한 사실들 진수미
182 사과 사이사이 새 최문자
183 애인 이응준
184 애들아, 모든 이름을 사랑해 김경인
185 마른하늘에서 치는 박수 소리 오세영
186 ㄹ 성기완
187 모조 숲 이민하
188 침묵의 푸른 이랑 이태수
189 구관조 씻기기 황인찬
190 구두코 조혜은
191 저렇게 오렌지는 익어 가고 여태천
192 이 집에서 슬픔은 안 된다 김상혁
193 입술의 문자 한세정
194 박카스 만세 박강
195 나는 나와 어울리지 않는다 박판식
196 딴생각 김재혁
197 4를 지키려는 노력 황성희
198 .zip 송기영
199 절반의 침묵 박은율
200 양파 공동체 손미
201 온몸으로 밀고 나가는 것이다 서동욱·김행숙 엮음
202 암흑향 暗黑鄕 조연호
203 살 흐르다 신달자
204 6 성동혁
205 응 문정희
206 모스크바예술극장의 기립 박수 기혁
207 기차는 꽃그늘에 주저앉아 김명인
208 백 리를 기다리는 말 박해람
209 묵시록 윤의섭
210 비는 염소를 몰고 올 수 있을까 심언주
211 힐베르트 고양이 제로 함기석
212 결코 안녕인 세계 주영중
213 공중을 들어 올리는 하나의 방식 송종규
214 희지의 세계 황인찬
215 달의 뒷면을 보다 고두현
216 온갖 것들의 낮 유계영
217 지중해의 피 강기원
218 일요일과 나쁜 날씨 장석주
219 세상의 모든 최대화 황유원
220 몇 명의 내가 있는 액자 하나 여정
221 어느 누구의 모든 동생 서윤후
222 백치의 산수 강정
223 곡면의 힘 서동욱